# O MUN~~DO~~... NHO:

## contos de cavaquinho

Túlio Augusto Lobo

Ilustrações de Fabiana Sotini

**Dados Internacionais de Catalogação na Publicação (CIP)**
**(Câmara Brasileira do Livro, SP, Brasil)**

Lobo, Túlio Augusto
   O mundo é um moinho : contos de cavaquinho : samba
/ Túlio Augusto Lobo ; ilustrações de Fabiana Iolanda
Sotini. -- 2. ed. -- Goiânia, GO : Ed. do Autor,
2024. -- (Coleção música e literatura ; v. 1)

   ISBN 978-65-58-59064-4

   1. Contos brasileiros 2. Música 3. Samba (Música)
I. Sotini, Fabiana Iolanda. II. Título. III. Série.

24-204885                                          CDD-B869.3

**Índices para catálogo sistemático:**

1. Contos : Literatura brasileira    B869.3

Eliane de Freitas Leite - Bibliotecária - CRB 8/8415

# Sumário

# **PREFÁCIO**

Por Vera de Jesus


Esse "Sonho Meu"

Começou com um

"Batuque na Cozinha"

Veio com um quê de "Ingenuidade "

me mostrando que "O Show não pode Parar"

Olhando firme na Linha do Horizonte, vou Suplicando

a Yemanjá, a Rainha do Mar

"Embala Eu" "Marinheiro Só" e Saciando a sede nas

Cascatas em Véu de Noiva das Águas Doces da Cacho-

eira de Oxum

O Legado de Vó Clementina

 é o meu verdadeiro Ouro

um valioso Tesouro no

 Jardim Encantado das

 Notas Musicais.

E como sabemos que

 "O Mundo é um Moinho"

Vou nas voltas que ele dá

Construindo o meu caminho

E assim como a minha Vó Clementina também vou

"Vadiar" pois tenho Certeza de que Vó Clementina me

diria "Vadeia" Vera escute o Recado da Divindade

Ahhh quanta Saudade!!!

Sigo na Batucada do Samba e sei que

 "As Rosas não falam"

Masss...   Me inspiram a Compor e Cantar!!!


**Vera de Jesus** – Neta de Clementina de Jesus – Cantora e Compositora da Ala Ary do Cavaco da Portela

# APRESENTAÇÃO

Túlio Augusto Lobo, um apaixonado pela música e pela escrita, encontrou no samba raiz a inspiração para seus contos mais cativantes. Cada palavra que ele escreve é uma reverência aos grandes mestres da música brasileira, uma homenagem às melodias que ecoam em nossos corações.

Os contos de Túlio não são apenas histórias; são fragmentos de paixão e criatividade, tecidos com fios de ritmo e emoção. Ao mergulhar em suas páginas, você será transportado para um mundo onde as letras das canções ganham vida, onde a cadência do samba e da música popular brasileira – MPB, ditam o compasso de cada enredo.

Prepare-se para ser seduzido pelo ritmo pulsante destas histórias, onde cada conto é uma promessa de descoberta e encantamento. Deixe-se envolver pela magia que transborda nessas histórias e descubra um universo de emoções que só a literatura brasileira pode pro-porcionar.

**Por Fabiana Iolanda Sotini**

# CANDIDATO CAÔ CAÔ
Bezerra da silva

*Olha quem apareceu de novo!*

Lá no morro, nós temos um problema com desaparecidos, mas não é de qualquer raça. Esses fazem parte de uma especial, a do político.

De quatro em quatro anos, eles aparecem, pedem o seu voto e depois somem de novo, mas o engraçado é que retornam cada vez mais gordos e com panca de endinheirados.

Quando aparecem, prometem mundos e fundos, beijam crianças, idosos e algumas moças — se tiverem a oportunidade; distribuem presentes para toda a comunidade e, um dia após a eleição, simplesmente evaporam como se nunca tivessem estado ali.

Silva, um morador do morro, resolveu investigar "que diabos" acontece com esses políticos para eles desaparecerem por quatro anos.

Como não sabia por onde começar, ele contratou um detetive particular. Foram meses de investigação pós eleição, mas depois de muito trabalho, ele finalmente conseguiu alguma informação.

— Olha seu Silva, o senhor não vai acreditar em tudo que consegui encontrar...

— Diz aí o que acontece com esses políticos fora da época da eleição — disse Silva, curioso para saber.

— Primeiro, o nome...

— O que tem o nome?

— Aquele deputado, que sempre aparece no morro pedindo votos, não se chama Antônio. Seu verdadeiro nome é Caô.

— Caô? Tipo 'me enganou'?

— Sim! Ele te enganou.

— Nem no Brasil ele mora, seu Silva.

— E o safado mora onde?

— Num país chamado Suíça!

— Nem imagino onde é... Sempre aparecia aqui dizendo que era vizinho da comunidade...

— Tem mais... Esse deputado Caô é acusado de corrupção!

— Safado além de tudo ainda é ladrão?! Gritava para os quatro ventos que iria mandar prender tudo que fosse bandido de celular ou de galinha, quando na verdade ele era o verdadeiro criminoso.

— Pois é, seu Silva, enquanto um montão de gente morre nos hospitais, criminosos do colarinho branco, como esse Caô, se divertem em bacanais.

— Deixa estar, nas próximas eleições quando aparecer pedindo o voto, a porrada lá no morro vai comer!

Foi dito e certo que no ano seguinte ele estava lá de novo, mais gordo e endinheirado que nunca, pronto para enganar novamente o povo, mas dessa vez não foi bem-vindo na comunidade. Seu Silva avisou a todos que descansaram por dois dias antes da chegada dele para recepcioná-lo como merecia.

Apanhou tanto que foi parar no pronto socorro do hospital público. Mas morreu sem atendimento, já que o dinheiro que era para o hospital foi roubado por um colega seu de profissão, político ladrão.

## AS ROSAS NÃO FALAM
Cartola – Agenor de Oliveira

*Cada pétala, uma lembrança.*

Em uma casinha antiga no centro do Rio de Janeiro, existia um pequeno jardim e lá morava uma senhora que vivenciara tantas coisas que mal conseguia caminhar. Mesmo assim, todas as manhãs, estava ali cuidando gentilmente de suas rosas.

Sua casa simples resistiu insistentemente ao crescimento urbano naquela região. O que antes era um bairro popular com uma comunidade muito unida e cheia de histórias nas calçadas ao final da tarde, foi invadido aos poucos por aquilo que algumas pessoas chamam de progresso e se tornou um dos grandes centros comerciais da região, com shoppings e edifícios majestosos.

Os trabalhadores que vão e vêm todos os dias acham engraçada a resistência daquela senhora em vender a sua casa. Alguns comentam:

— Com o dinheiro que ofereceram para ela, eu teria uma vida de rainha.

— Quem me dera que fosse comigo.

O que ninguém entendia é que algumas coisas valem mais que dinheiro. Ali naquela casa simples, o jardim de rosas guardava toda a sua história e esperança.

Há muito tempo, o amor da sua vida, um jovem que ela conheceu ali mesmo naquele bairro, lhe deu uma rosa antes de fazer uma longa viagem a trabalho a fim de realizar bons negócios para dar

uma vida melhor para ela, e lhe pediu para que a plantasse nos fundos de sua casa e, quando ele retornasse de viagem, ela já teria criado raízes profundas, tão profundas quanto o amor que um sentia pelo outro.

Ele nunca voltou. A rádio noticiou um grande acidente de trem que matou a todos os passageiros e seu grande amor era uma das vítimas.

A rosa crescia enquanto os dias passavam e, com o tempo, se transformou em um pequeno jardim. Ali ele ainda estava vivo! — ela pensava.

A cada nova rosa que nascia, ela cuidava orgulhosa na expectativa de um dia poder mostrar para o seu amor que nunca perdeu a esperança de vê-lo novamente. Elas eram um símbolo do amor que foi cultivado e apenas cresceu com o tempo.

## UM GAGO APAIXONADO
Bezerra da Silva

*Tu-tu-tu-tudo na-...*

Titititi era um moço gago de quem poucos sabiam o nome por completo porque não tinham paciência para esperar que ele terminasse de falar repetidamente as sílabas que o completavam. Alguns diziam que era Tiago, Timóteo, Tino ou talvez fosse realmente Titititi.

O fato é que depois da segunda tentativa, todos desistiam de saber seu verdadeiro nome, então aqueles com quem ele convivia no dia a dia o chamavam por Titi, Titititi ou, para os mais íntimos, apenas Ti.

A sua gagueira ficava pior sempre que se enfurecia com alguma coisa, o que não era fora do comum, já que era conhecido por ter um temperamento explosivo. Nessas condições, manter um relacionamento era complicado, já que sempre que rolava uma discussão de casal, ele não conseguia expor claramente seus argumentos.

Sua vida foi repleta de histórias mal-entendidas. Foi casado por alguns anos com uma mulher que conheceu no casamento da sua irmã e, por um tempo, tudo foi bem, até que perdeu o seu emprego de vendedor, já que não realizava nenhuma venda há meses por causa da sua dificuldade na fala.

Não demorou muito para que os problemas financeiros trouxessem as primeiras discussões e, como sempre, o pobre Titititi, ao ser questionado por sua esposa sobre a dificuldade em conseguir outro trabalho, foi responder e mais uma vez foi mal interpretado:

— Você acha que eu sou o quê? Va va va va va...

— Sua esposa, que já cogitava a ideia, não esperou o próximo "va" e foi! Foi embora sem olhar para trás e tampouco deu oportunidade para ele terminar o que queria dizer:

"Você acha que eu sou vagabundo?"

Pois é, ele não era vagabundo. Alguns dias depois, conseguiu outro trabalho, mas era tarde, sua ex-mulher já estava envolvida com outra pessoa.

Mesmo sabendo de suas dificuldades na fala, as pessoas, ocupadas demais consigo mesmas e com pouco tempo para uma conversa muito demorada, sempre interpretaram mal o pobre coitado.

Apanhou injustamente diversas vezes de sua mãe que achava que seu filho a ofendia quando na verdade ele ainda estava no meio daquilo que queria dizer. Na escola sempre era proibido de fazer perguntas e, no trabalho, seu sonho persistente em ser um grande vendedor ficava mais distante a cada vez que era demitido.

Mas ele não desistiu de continuar tentando no trabalho e no amor:

— Porque a Vi vi vi vi vi... é assim!

## JOÃO NINGUÉM
Noel Rosa

*Para que jantar se já almocei?*

Já imaginou a possibilidade de viver totalmente fora de contexto? Ou a de viver sem se preocupar com o amanhã ao ponto de desconhecer as sensações que as responsabilidades nos trazem? Aposto que não!

Já prevendo isso, eu apresento a vocês: João Ninguém.

Quando nasceu já era diferente, não chorou e nem sorriu, apenas nasceu. Mesmo com o esforço de sua mãe, que era professora, ele aprendeu a falar somente o necessário. Na escola estudou só até a metade do que precisaria para concluir – não era preguiçoso e sequer esbanjava energia, apenas existia.

João Ninguém nunca quis trabalhar, viveu às custas da sua mãe até ela morrer, afinal, se já existia uma renda suficiente para eles viverem, não havia necessidade de ele trabalhar também – era assim que pensava. Desse modo, em pouco tempo, estava na rua, na verdade nas escadas da igreja matriz onde diariamente, ao meio-dia, era servido o almoço.

O pároco dali certa vez o questionou:

— João, meu rapaz, você é saudável, não entendo por que não se arranja e sai dessa vida de dormir ao relento.

Ele respondeu:

— E por que eu faria isso, se vivendo assim eu não tenho que me preocupar com nada?

Vez ou outra, ele ganhava alguns trocados de alguém que se compadecia com sua situação, sem saber, é claro, que aquela vida era uma opção.

Ele não perdia tempo e gastava logo até o último vintém para não correr o risco de acumular e ter com o que se preocupar

.

João Ninguém não tinha nada, não queria nada e foi feliz sendo ninguém muito mais do que quem tem.

## NÃO VADEIA

Clementina de Jesus

*Vó, vou vadiar!*

— Aonde foi Clementina? — perguntou dona Fátima por sua neta.

— Vó, foi vadiar! — respondeu a irmã dela.

— Eh, aquela menina só vadeia.

Clementina vadiava, mas não como sua avó pensava. Andava de um lado para o outro protestando como podia por um mundo melhor.

Desde pequena não podia ver alguém mais fraco sendo oprimido que lá estava ela se metendo em confusão para acabar com a opressão.

Não achava certo de que alguns tinham tanto e outros não tinham nada.

— Tanto dinheiro gasto com coisas fúteis enquanto o povo passa fome, isso não está certo! — ela gritava nas ruas nos vários protestos de que participava.

Pai ela nunca conheceu e sua mãe foi atropelada por um empresário bêbado quando ela ainda era criança: um homem que não pagou pelo seu crime, pois tinha dinheiro demais para ser condenado.

Desde então, ela e sua irmã moravam com a avó que não entendia a necessidade "dessa menina Clementina" em vadiar tanto.

— Não vadeia, Clementina! — ela sempre gritava quando via sua neta sair para rua com um monte de cartazes nas mãos.

— Vadiar é preciso, vó. Olha o preço do feijão!

Lá ia ela protestar de um lado para outro, pelo ar puro, pelo preço da gasolina, pelo preço da comida ou simplesmente porque o homem é selvagem.

— Não vadeia, Clementina!

— Vó, vou vadiar!

## O CASAMENTO DE MOACIR
Adoniran Barbosa

*Quando se casar
torna-se uma profissão.*

Na favela não se falava em outra coisa: a mulata mais bela, uma tal de Gabriela, ia se casar. O sortudo, um tal de Moacir, sujeito novo que acabara de aparecer por ali. Nas rodas de samba, ela se destacava, não havia quem não a desejava.

O Moacir, que ninguém sabe de onde veio, chegou ali contando mil histórias, disse que era rico e empreendedor, mas que gostava de ficar no meio do povo, e, mal chegou, foi logo fazendo promessas de que ajudaria aquela gente a ganhar muito dinheiro. Em pouco tempo, conseguiu convencê-los a entregar suas economias para ele investir.

A Gabriela, que não dava moral para ninguém, viu naquele sujeito contando vantagens uma oportunidade para se dar bem. Não demorou e os dois estavam se namorando e, em menos de uma semana, noivando.

Organizaram uma grande festa e convidaram toda a favela. Na manhã do casamento, a mobilização de pessoas foi tão grande que saiu até no jornal regional.

O padre, um sambista da região, deu início à celebração. No altar os noivos sorriam, um achando que daria o golpe no outro. A Gabriela achava que ficaria rica e o Moacir pensava em ganhar mais ainda a confiança daquela gente se casando com a moça mais bela dali, mas, como mentira tem perna curta, quando o padre perguntou:

— Alguém aqui presente tem algo para falar contra essa união?

— Seu padre, pare o casamento! Esse moço é pai de sete rebentos e casado com outras cinco mulheres lá no estado do Rio de Janeiro. Uma, inclusive, é minha filha. Vi no jornal o rosto desse sujeito que roubou nosso dinheiro — disse um senhor de cabelos brancos.

O padre, sem entender, perguntou:

— Isso é verdade, Moacir?

Mas ele já não estava mais ali, estava correndo, tentando sumir.

A noiva, vendo sua oportunidade de se dar bem sumindo ao vento, depois de ter se gabado pelo futuro casamento, caiu aos prantos ali num canto.

Não demorou até alguém perguntar:

— E o nosso dinheiro?

No mesmo minuto, a multidão se agitou e começou a perseguir o Moacir.

Aquela correria anos depois serviu de inspiração para a maratona que agora sempre acontece naquela região.

# O MUNDO É UM MOINHO
Cartola – Agenor de Oliveira

*Ainda é cedo.*

Em algum lugar em um mundo complicado, a jovem Laura acordava, distante de sua família e de coração partido. Abandonou tudo que amava pelo que acreditou ser amor.

Jovem, cheia de sonhos e apaixonada por um rapaz da cidade grande, essa foi a mistura necessária para atraí-la para um caminho de que poucos conseguem voltar. A família chorou quando ela partiu e sua mãe tentou avisá-la de que era muito cedo para uma decisão tão séria, mas uma pessoa apaixonada não costuma dar ouvidos à experiência. Então ela se foi e entregou-se ao que pensava ser o grande amor da sua vida, abandonando uma mãe de coração partido.

Na cidade grande, Laura descobriu que seu primeiro, e o que ela havia jurado ser o único, grande amor da sua vida não a amava, pois não se machuca quem se ama e ele a machucou onde doía mais: no coração. Em pouco tempo, a abandonou por outra jovem apaixonada, e ela, de coração ferido e envergonhada por tudo que disse à família, antes de entregar-se a uma vida nova, viu-se cair em um precipício onde outros, aos poucos, se alimentavam do que sobrou daquela garota cheia de vida e sonhos.

Dia a pós dia, personagens diferentes e famintos pela inexperiência da juventude a afastavam da luz, cada vez mais para dentro do abismo.

Mesmo desapontada pela decisão da filha, sua mãe, todas as noites antes de dormir, implorava aos céus para que ela voltasse, "ainda é cedo, amor", dizia em suas preces.

Enquanto isso em um quarto de motel com paredes sujas e lençóis manchados, Laura, achando que já era tarde para voltar atrás nas decisões que tomou, deixava um bilhete e partia definitivamente para a ruína sem saber ela que não era a primeira nem a última pessoa a tomar uma decisão no calor da paixão, mas o coração partido e os vários personagens obscuros que ela conheceu a fizeram pensar que já era tarde. Seus sonhos eram ilusões que se tornaram pó.

# SAUDOSA MALOCA
Adoniran Barbosa

*As melhores lembranças...*

Nossas lembranças são parte importante das nossas histórias. Sem memória, sem história. Infelizmente quem só vê dinheiro em todas as coisas, acha descartáveis as memórias alheias se elas não lhe geram renda.

Havia uma maloca há muito tempo abandonada onde dois irmãos resolveram começar uma roda de samba para a comunidade ter o que fazer nos fins de semana. Limparam, pintaram e avisaram para a comunidade que ali estaria de portas abertas para eles.

— Afinal que mal tem? Essa maloca não parece ser de ninguém — dizia um dos irmãos.

Com o tempo, ela ganhou a fama de "Saudosa Maloca" já que era palco das rodas de samba que lembravam a raiz daquele ritmo.

Aquele espaço, que passou anos abandonado, agora que tinha novamente uma utilidade para os moradores da região, mas em pouco tempo atraiu a atenção do dono do imóvel – um velho empresário, que rapidamente mandou expulsá-los de lá. Abandonado sim, mas ver pessoas simples usando-o como lazer da comunidade, jamais. Ele não pretendia usar aquele lugar, só não queria que aquelas pessoas o usassem.

Todo o trabalho que tiveram para reformar e deixar aquele ambiente agradável foi rapidamente destruído pelos tratores que vieram com a polícia e o oficial de justiça que trouxe a ordem de despejo.

Enquanto derrubavam cada parede, os frequentadores daquele lugar sem poder fazerem nada a respeito, cantavam:

— Saudosa maloca, maloca querida, lugar onde passamos o dia mais feliz de nossas vidas!

## SEQUESTRARAM MINHA SOGRA
Bezerra da Silva

*Bem-feito pro sequestrador!*

Todos saíram de suas casas para ver o que estava acontecendo. Arlindo gritava enquanto corria rua abaixo:

— Sequestraram minha sogra! Sequestraram minha sogra! Sequestraram minha sogra!

Ele que não estava acostumado a correr e tampouco a tanta felicidade, morreu ao chegar no fim da rua.

À medida que passava na porta de seus vizinhos, e eles aos poucos compreendiam a mensagem, cada um do seu jeito comemorava como se tivesse recebido a melhor notícia de suas vidas.

— Pobres vítimas — disse alguém pensando nos sequestradores.

Dona Divina, a sogra do Arlindo, uma mulher de temperamento forte e de cabeça dura, passava o dia julgando todo mundo na rua e fazendo o seu genro se sentir a pior pessoa do mundo. Ela não perdoava nem os defuntos, pois sempre ia aos velórios dos vizinhos para falar mal dos falecidos. Observava tanto a vida dos outros que sabia em detalhes o que e quando criticar alguém.

Seu marido, Agenor, faleceu de infecção nos ouvidos, dizem que de tanto ela falar na cabeça dele dia e noite.

Dona Neca, uma senhora de 95 anos, ao saber sobre o ocorrido, se debruçou aos prantos sobre a calçada de casa, pois agora, depois de trinta anos, desde que Divina havia mudado para lá, ela finalmente poderia voltar a realizar a festa junina na rua, o que era a sua maior felicidade na vida. Sua vizinha não gostava de barulho e, de tanto infernizar as autoridades públicas, conseguiu impedir a realização de qualquer evento ali.

Até mesmo as crianças, que nunca tiveram a oportunidade de brincar naquela rua porque ela chamava a polícia toda vez que via algum tentando se divertir fora de casa, foram saindo e, ainda desconfiadas se a informação do sequestro era verdadeira ou não, caminhavam vagorosamente em direção à rua e, pela primeira vez na vida, ali naquele lugar onde tudo era proibido, começaram a brincar livremente.

A notícia do sequestro correu por toda a cidade e até o prefeito compareceu com a banda marcial para ajudar na comemoração e, como medida de precaução, mandou cortar toda a rede telefônica da região para não correr o risco de os sequestradores entrarem em contato para devolver a sogra do Arlindo.

## TAVA DORMINDO
Clementina de Jesus

*Foi só um sonho.*

A vida é dura, disso tenho certeza de que ninguém duvida, mas os sonhos às vezes a deixam um pouco mais salgada.

Elis, mulher batalhadora, levantava cedo todo dia para ir trabalhar, não se sabia quem acordava quem, se era ela ou o galo. Até poucas horas atrás, não tinha conhecido nenhuma facilidade na vida, mas, para sua felicidade, nas últimas horas isso finalmente mudou. De uma existência sofrida, com trabalho duro todos os dias, instantaneamente se viu num ambiente de luxo e requinte rodeada por empregados que dariam a vida para que ela não fizesse nenhum único esforço.

Como isso foi possível? Nem mesmo ela sabia explicar, mas não importava.

— Nasci para viver assim! — pensava.

Seu cabelo, que quase nunca tinha a atenção necessária, já que não sobrava dinheiro, agora era tão belo quanto o daquelas atrizes de cinema; suas unhas tinham desenhos que até o melhor pintor admiraria, e sua pele poderia competir lado a lado com a melhor de todas as sedas.

Pela primeira vez achava que estava vivendo o que sempre pediu em frente ao espelho enquanto escovava os dentes, pouco antes de sair atrasada para o trabalho todos os dias. Se a felicidade pudesse ser descrita só por aqueles que a experimentam, ela poderia facilmente dar uma palestra sobre isso agora.

"Ding Dong", tocou o despertador. Era só um sonho, Elis.

## TIRO AO ÁLVARO
Adoniran Barbosa

*Tentativas literais.*

Já conheceu alguém que tivesse dado nome ao próprio coração? Juca chamava o seu de Álvaro, graças ao nome do seu avô, que volta e meia estava sofrendo com o coração partido, às vezes figurativamente, outras, tentativas literais.

Alguns amigos o chamavam de coração de alvo e, como o azar no amor às vezes pode passar de geração para geração, ele achou adequado batizá-lo assim, criando um lembrete dos passos que não deveria seguir.

Antigo boêmio do Rio de Janeiro, seu avô era uma referência para amores inconstantes, decepções amorosas e tragédias desde a juventude. Para encontrá-lo, bastava ir a uma roda de samba. Ele chamava atenção ao cantar as músicas que compunha e, volta e meia, era fisgado por alguma de suas grandes fraquezas – uma mulher casada, divorciada de algum homem muito perigoso ou apenas uma mulher extremamente louca. Ele não as escolhia conscientemente, mas elas eram assim e, uma após a outra, ao longo de toda a vida, seu Álvaro – coração de alvo – teve uma vida bastante agitada.

Graças a esse azar no amor que só atraía mulheres problemáticas, ele teve a oportunidade de experimentar quase todos os tipos de experiências mortais: tiro, atropelamento, envenenamento e também quase foi vítima de crime passional por peixeira durante o tempo em que esteve na Bahia.

Juca, seu neto, contava algumas dessas histórias:

— Mulheres casadas foram as que mais apareceram na vida de meu avô, inclusive minha avó nunca foi casada com ele porque, quando ficou grávida do meu pai, já era casada com outro homem e é até hoje. Meu avô não escolhia as problemáticas, simplesmente todas eram atraídas para ele.

E continuava:

— Quando ouço as histórias, sempre penso que ele deveria entrar para o livro dos recordes como o homem mais perseguido por maridos do mundo. Certa vez, levou tanta bordoada de alguém com uma aliança na mão que, do lado direito de seu rosto, existe uma marca perfeita de um anel.

— Tiro? — Acho que ele deve ter todos os tipos de perfuração a bala de todos os calibres já inventados. Lembro-me que certa vez levou um tiro de uma mulher com quem tinha ficado, mas não queria ter um relacionamento. A bala ricocheteou em outra bala que já se encontrava alojada em seu corpo de uma confusão anterior.

E as histórias sobre seu Álvaro não paravam por aí:

— Eu me arrisco a dizer que até perito em veículos ele é. Acho que olhando debaixo, conhece todos os tipos de automóvel e suspeito que ele consiga acertar a marca, o ano e o modelo tranquilamente, por todas as vezes que alguém o atropelou, fosse uma mulher loucamente apaixonada ou um marido enfurecido.

Até chegar ao lamento:

— Hoje nem a cachaça que ele tanto gosta pode beber por causa das inúmeras vezes que uma mulher apaixonada tentou envenená-lo por não a querer.

Juca dava uns tapas no ombro do amigo para quem contava essas histórias e finalizava:

— Batizar meu coração com o nome do meu avô foi o desafio que me fiz para não levar uma vida tão agitada com mulheres como a dele.

E dizia isso enquanto trocava olhares com uma mulher do outro lado da rua que, mal sabia ele, era casada.

## VIÚVA DE SEIS
Bezerra da Silva

*Lá vêm a noiva. De novo!*

Tem gente que basta se casar uma vez, mas, para dona Mariza, o lance foi se casar seis. É claro que não se casou com todos de uma vez, à medida que o atual se tornava o falecido, ela se casava novamente na esperança de que esse sobrevivesse ao matrimônio.

Mulherão de parar o trânsito, ela não tinha problemas em arrumar marido e, apesar do rodízio e do que muitos pensam a seu respeito, tudo o que ela quer é alguém que não morra repentinamente.

Casou-se a primeira vez aos dezesseis anos com um açougueiro que a deixou viúva na lua de mel. Morreu em cima dela, dizem. Poucas horas depois, ela conheceu Valdir, o bombeiro que veio atender à chamada de emergência e com esse ficou casada por dois anos, até que ele morreu de mal súbito, também na intimidade com ela. No dia do enterro, o dono da funerária se encantou pela beleza daquela viúva e não deu outra: um mês depois estavam se casando. O coitado não sabia, mas em pouco tempo se tornaria cliente do seu próprio negócio.

E assim, um após o outro, ela foi acumulando o título de viúva número um da região, e a coisa ganhou tal repercussão que chegou a ser investigada pelas autoridades da sua cidade. Nem preciso dizer que, em pouco tempo, estava casada com o delegado responsável pela investigação e, não muito depois disso, se casava com o policial que averiguou a morte do delegado.

Seus vizinhos quando a viam passeando na rua, pensavam:

—Ehh, se eu não gostasse de viver...essa eu pegava!

Marido após marido, ela foi reunindo uma pequena fortuna, o que aumentava ainda mais a desconfiança dos vizinhos e amigos, mas o que Mariza realmente queria era um amor duradouro, ou ao menos um que sobrevivesse a ela. Houve até uma ocasião em que foi procurada por uma mulher que, sabendo da sua fama, lhe pediu para ser amante do seu marido, já que essa maluca queria se livrar dele.

Por fim, Mariza está a um dia de se casar pela sétima vez, agora com um anão, afinal, se esse não durar, quem irá?

Já viram um enterro de anão? Eu não.

## A LEI DO MORRO
Bezerra da Silva

*É vencer ou perder.*

Só quem mora no morro entende as coisas que acontecem por lá. A favela tem seu próprio jeito de resolver seus problemas.

Entre condomínios de casas luxuosas e apartamentos chiques, vive um tipo diferente de gente que mora no morro e só é lembrada quando se tem uma sujeira para limpar ou precisam de alguém para culpar por um crime qualquer, gente como a gente que geralmente não é tratada como tal.

Malandro é o nome comum, comum a todos os moradores dali.

—Fala, malandra.

— De qual que é, malandro?

— Só na malandragem, malandro?

Eles têm leis como em qualquer outro lugar, mas com menos complicações quando o assunto é fazer cumpri-las. Lá a lei é de Talião, o chefe do morro, "olho por olho, dente por dente". A não ser que você descubra antes os planos de seu algoz e antecipe seus movimentos, é matar para não morrer. Ali não se mexe com mulher de outro, não se ofende sem motivo justo e não se rouba no jogo. Se fizer uma dessas coisas, malandro pode se dar mal. Vida de malandro não é fácil, se quiser viver muito tempo, tem que ser honesto, mas não muito.

Tudo é resolvido lá e se alguém buscar ajuda fora, quando voltar tem que se ver com Talião ou os homens que trabalham para a sua gestão, afinal, não faz sentido resolver em outro lugar aquilo que só os moradores do morro entendem. Fora dali, malandragem da favela só é vista como mão de obra barata que pode aprontar uma a qualquer momento, mas no fim do dia, quando retornam para casa, eles voltam a ser gente malandra com história e família. Viver lá é difícil, mas fora é muito pior.

## SUÍTE DOS PESCADORES
Dorival Caymmi

*Jangada no mar.*

Alguns heróis usam capas e sabem voar, são resistentes ao calor ou possuem super velocidade e outros, apesar de não terem nenhum desses poderes, são heróis porque arriscam suas vidas se lançando ao mar todos os dias para sustentar suas famílias.

Gabriela seguia os passos que seu pai deixava na areia até um pequeno porto de onde partiu para pescar. Vivendo em uma pequena vila de pescadores do litoral baiano, ela não conhece os personagens famosos do cinema, mas a admiração que tem por seu pai, que enfrenta todos os dias ondas indomáveis, faz dele seu grande herói.

Dia após dia, ela o via desaparecer no horizonte e ficava ali brincando na areia esperando-o voltar. Às vezes com o barco cheio de pescado e outras vezes vazio, mas para ela o importante era que ele sempre estava de volta.

Passava o dia imaginando as grandes aventuras que seu pai enfrentava dentro do barco e tentava desenhar essas histórias na areia e diariamente, no fim da tarde, quando ele retornava, Gabriela pulava em seus braços e insistia para que contasse em detalhes as coisas incríveis que viu em alto mar.

Certa vez ela viu uma tempestade muito forte que quase arrancou as casas da vila e, no mar, as ondas estavam imensas como nunca havia visto antes, então preocupada com a segurança do pai, perguntou-lhe:

— Você não tem medo de que essas ondas gigantes afundem sua jangada, papai?

Para acalmá-la, ele respondeu:

— Lembra quando te falei que não importa o que aconteça, lá no seu quartinho, na sua suíte de princesa, você sempre estará protegida? Pois então, vou te contar um segredo, ali naquela jangada tem uma pequena cobertura de madeira, ela é a suíte do pescador, então se vier uma tempestade muito forte, basta eu me esconder lá dentro e estarei protegido como você. Aliviada e confiante que seu herói dizia a verdade, sorriu e voltou a brincar na areia.

# **MULHERES**
Martinho da Vila

*Mosaico.*

Chapéu de malandro, terno branco impecável, no dedo um anel reluzente com o símbolo da sua escola de samba e no rosto um sorriso que muitas mulheres conheciam.

Ricardo era conhecido em todo o complexo de favelas da sua região, amado pelas mulheres e jurado de morte pelos admiradores, namorados, noivos e maridos. Foram tantas as situações em que ele teve de usar a criatividade e habilidade motora para escapar de ocasiões perigosas que facilmente poderia ter escolhido a profissão de ator ou malabarista, ao invés de atuar apenas como boêmio *sommelier* da vida noturna dessa grande metrópole.

Um mosaico de mulheres passou por sua vida, e sempre que sentia que estava se entregando demais, ia embora sem olhar para trás.

Conectar-se sentimentalmente com alguém era o único temor que o acompanhava.

Algumas mulheres mais atrevidas até tentavam prendê-lo a um relacionamento, usando o que estivesse ao seu alcance, mas era em vão.

Quando criança, viu sua mãe definhar de coração partido pelo seu pai que os abandonou. Desde então tomou a decisão de nunca se apaixonar para não correr o risco de encerrar seus dias num quarto vazio, olhando pela janela, esperando alguém voltar.

A vida de Ricardo não era tão fácil como todos imaginavam. Seus amigos e alguns poucos que o conheciam na intimidade pensavam que ele era um espírito livre que fazia o que bem entendia e até invejavam seu estilo de vida, mas o que ninguém sabia era que o sorriso malandro não existia quando ele estava sozinho em sua casa, depois que tirava a armadura de boêmio e se sentava à mesa, enquanto bebia mais uma dose qualquer para dormir sem pensar nessa

tal felicidade. Somente o que sobrava era tris-
teza.

Continuou assim por muitos anos até
que, depois de algumas centenas de mulheres,
finalmente conheceu uma da qual ele não conseguia fugir. Na noite em que ficaram juntos, ele
adormeceu na cama dela como nunca tinha
feito antes porque, enquanto a beijava e sentia
cada centímetro do seu corpo, teve a certeza de
que aquela mulher era a verdade, a felicidade
que secretamente sempre sonhou em encontrar.

Na manhã seguinte, quando acordou sozinho na cama com o dono da pensão batendo
em sua porta e pedindo que se retirasse do
quarto para que fizessem a limpeza, sem entender direito o que estava acontecendo, ele perguntou:

— Esse quarto não é da mulher que me
trouxe pra cá?

Então o dono respondeu:

— Amigo, ela é uma garota de programa e me paga uma taxa para usar o quarto sempre que traz um cliente.

— Mas eu não paguei nada pra ela! Você viu onde ela está?

— Foi embora! Pelo visto você mexeu com ela... saiu de madrugada e pediu para lhe entregar esse bilhete.

Ricardo confuso e ainda não entendendo direito o que havia acontecido, pegou o bilhete, sentou-se na cama e leu:

*"Obrigado por me apresentar ao amor, mas eu não posso ficar, sinto muito. Guarde a lembrança dessa noite em que nós nos amamos".*

Não havia assinatura com um nome, apenas a marca de batom deixada por um beijo. Ali naquele quarto de pensão, ele ficou triste pela primeira vez onde todos pudessem vê-lo. E chorou.

## CLEMENTINA, CADÊ VOCÊ?
Clementina de Jesus

*Onde o samba estiver!*

— Samba é coisa de malandro! — dizia sua avó.

Clementina pouco se importava e não podia ver uma roda que se lançava no meio a cantar.

— Se samba é de malandro, então um dia vou ser a rainha da malandragem!

Durante o dia vendia acarajé, mas no fim da tarde, ninguém segurava seu samba no pé.

Quem não a conhecia, ao vê-la entrar na roda, advertia:

— Moça, dá espaço para os homens cantarem!

Mas não demorava em se arrepender do que disse – bastava ver o seu belíssimo gingado ganhar a companhia de improvisações cantadas com tanta maestria que até Olorum aplaudia tamanha perfeição de samba criado por Clementina.

Entrava na roda e surpreendia. Quando saía dela, deixava saudades. Mesmo que ela só caminhasse e nunca dançasse, certamente, em algum momento, a humanidade seria obrigada a criar o gênero andante do samba, porque ela era o samba.

Não importava aonde fosse, ele a acompanhava, em cada passo que dava deixava um rastro de suas canções, mas quando na roda entrava... Ahhh, Clementina, cadê você?

— Tô aqui na roda, vem me ver!

## MARINHEIRO SÓ
Clementina de Jesus

*O mar é uma flor.*

Todo mundo busca um porto seguro, para alguns ele fica em São Salvador. Esse não era o caso de João Cândido, já que não tinha porto definido e só contemplava o farol baiano algumas poucas vezes ao ano. Uma pena, já que em diversos pontos daquele litoral alguém sempre chamava por seu nome.

Um marinheiro é, por definição, solitário. Todo marinheiro é um marinheiro só. Seus amores que vão e vêm com a força dos ventos e marés os acompanham apenas em pensamento.

— Aonde foi o meu marinheiro?

— O tal do João Candido?

— Marinheiro, marinheiro...

— Marinheiro só!

Feliz era João que tinha uma imensidão de pensamentos para navegar com ele, pensamentos que variavam de tamanho, cor e sorrisos. Em Porto Seguro, ele era de São Salvador e vice-versa. Mesmo um homem só, um marinheiro precisa cultivar amores, um alguém para quem voltar, um porto salvador.

João Candido era um floricultor dos mares.

## SORRISO ABERTO
Jovelina Pérola Negra

*O último acorde.*

Os sorrisos, por mais belos que sejam, podem esconder o que se passa em nossos corações. Pérola, respirando fundo enquanto o via partir, pensou em chorar, mas se lembrou do cavaquinho empoeirado em seu quarto e achou mais útil voltar a tocá-lo para acalmar suas angústias, a chorar por um amor que nunca foi seu.

A cada corda que tocava, uma lembrança dos momentos em que estiveram envolvidos em seus pensamentos despertava e se transformava em nota musical. Ficou ali alguns dias substituindo as lágrimas por música. Algum tempo depois, seu coração desordenado continuou como estava, mas agora a desordem se chamava samba.

Não demorou e Pérola Coração Partido se tornou carrasca com seu samba, que partia corações em toda roda onde tocava.

— Podia ser pior, ao invés do meu samba, eu podia estar bamba no meu quarto de tanto chorar! — cantava ao som de seu cavaquinho em um dos vários sambas de roda que frequentava.

Sempre que começava a tocar, fazia questão de discursar que "o amor só tem valor se nos faz bem", mas quando o show acabava, ela se lembrava daquele momento em que seu grande amor foi embora.

— Segura, Pérola, e não chora! — dizia para si, então batia um último acorde em seu cavaquinho antes de ir.

## MEU NOME É FAVELA
Arlindo Cruz

*Malandra.*

— Favela é lugar de criminoso! — diz alguém na televisão.

Enquanto isso no suposto lugar de criminoso, Fernanda, uma malandra do morro, batuca na roda esbanjando alegria e felicidade, aproveitando o pouco tempo que tem para si. Ela não tem muito, mas o pouco que tem, não vê problema em dividir. Nas horas vagas, atua em conjunto com outros moradores para ajudar crianças abandonadas por seus pais. Seus dias não são seus: são dos pequenos que não têm quem os proteja até conhecê-la.

Alegre, comunicativa e sempre aberta a ajudar quem precisa, Fernanda é malandra. Malandra do samba de sobrenome Favela, mas assim como a maioria que mora no morro é só alguém tentando sobreviver e nesse caminho ajudando outros a fazerem o mesmo. Nos fins de semana, quando não vai trabalhar na casa chique do patrão, ela levanta cedo e compra o pão, faz o almoço para a família e, quando o samba começa, dança com muita emoção.

A favela é cheia de gente assim, ela não é exceção! Ela é regra, desse lugar cheio de gente malandra com bom coração.

## PASSARINHEIRO FANFARRÃO
Jovelina Pérola Negra

*Cadê a revoada?*

— Não aguento o Justino do armazém que só sabe se gabar! Um dia perco as estribeiras e faço ele me provar se sabe sambar como diz pra todo mundo ou se é fogo de palha de um velho linguarudo — dizia Nega, vizinha do Justino.

Sambista da velha guarda no morro, ele ainda trajava o antigo modelo de roupa dos tradicionais malandros do Rio de Janeiro e não importava aonde fosse, todos o conheciam por propagar sobre seus feitos nos braços das mulheres.

Segundo ele, não havia mulher no morro que fosse capaz de resistir a sua lábia e tampouco aos seus encantos. Só que esse tal Justino, que tanto se gabava, também era daqueles homens que caminhava pendendo para os cantos. Era dono de um piscar de olhos elegante que não cessava, até porque ele não o controlava.

Sempre falava, mas ninguém confirmava, e assim ele seguia a sua vida se vangloriando morro acima e morro abaixo. Sua vizinha Nega não tinha muita paciência para a falação dele, já que desde que se mudou para lá, há dez anos, Justino nunca lhe deu um dia de paz, mesmo quando seu marido, o falecido Juvenal, ainda estava vivo.

Dia após dia, bastava vê-la na rua que ele começava:

— Eh, Nega, um dia sua belezura ainda será minha! — dizia.

Mas Nega nem se importava e no máximo gritava:

— Seu gavião não entra nesse galinheiro não!

Ele, malandro que era, não se incomodava e quando a via novamente, mais uma vez sua lábia usava.

Dizem que até um samba para ela inventou:

"Nega, Oh, minha Nega, deixa a porta aberta pro gavião entrar e o galinheiro festejar... Nega, Oh, minha Nega...".

Mas já fazia algum tempo que seu marido havia falecido e ela, acompanhada pela solidão e um calor digno de um exuberante verão, estava na janela que dava para a rua observando o movimento. Quando viu seu vizinho malandro se aproximar sorrateiro como o vento, pensou: "Nos últimos anos, ele insistiu tanto... Não custa nada tentar!".

Sem perder tempo, arregaçou a porta da sua casa e gritou:

— Justino, malandro safado, traga aqui seu gavião que a gaiola tá aberta.

Assustado e surpreso pelo convite inesperado, entrou na casa dela.

— Não vou nem perguntar o motivo do convite que é pra você, minha Nega, não se arrepender!

Fo-ram às pressas para o "galinheiro", mas não houve revoada porque o tal gavião mais parecia um canário que mal começou a voar, e poucos segundos depois, desmaiou para descansar.

Enquanto Justino dormia, Nega sussurrava "homem que fala demais, não faz nada!".

## VIVO ISOLADO DO MUNDO
Zeca Pagodinho

*Eterno sentimento.*

Eram quatro da manhã quando ele se levantou da mesa, pegou seu pandeiro, colocou o chapéu e partiu, apenas deixando na mesa um cigarro apagado e o dinheiro da sua bebida em cima de um pequeno texto escrito num guardanapo.

Eu, que o observava de longe porque fiquei intrigada com aquele olhar distante, estava curiosa para saber o que ele havia escrito e abandonado. Esperei para ver se o garçom pegaria o papel, mas ele apenas o ignorou. Então eu o peguei e li. Foi aí que me surpreendi, pois estava escrito:

*"Você provavelmente não sabe quem sou, mas eu sei tudo sobre você! Lembra-se de que estudamos juntos? Lembra-se de que éramos vizinhos? Acho que não, afinal você ficou aí na*

mesa me olhando e não veio falar comigo. Mas desde a primeira vez que te vi, eu nunca te esqueci. Foi amor à primeira vista. Uma pena nunca ter tido coragem de falar com você. Fiz vários sambas em seu nome sem nunca te dizer.

Hoje por sorte te encontrei aqui e até pensei em me declarar, mas aí me lembrei de que tenho família me esperando voltar, então te escrevo esse bilhete sem saber se você virá pegá-lo.

*Mesmo assim quero escrever que te amei, mas nunca tive coragem de falar!"*

Corri para a rua na esperança de encontrá-lo, pensando "como eu quis ouvir isso da sua boca, meu antigo vizinho". Mas era tarde, ele já tinha partido. Nessa cidade tão grande, talvez eu nunca mais volte a vê-lo.

# É DOCE MORRER NO MAR
Dorival Caymmi

*Inaé, Iemanjá.*

João é o pescador mais belo que já navegou nesses mares. Todas as filhas de pescadores querem ser a mulher que vai esperá-lo voltar à praia ao fim da tarde, mas nenhuma delas atrai sua atenção pois seu coração já tem dona: Iemanjá.

Faz sentido que tenha jurado seu amor verdadeiro àquela que lhe proveu alimento, conforto e o trouxe de volta para casa em segurança todas as vezes que se lançou ao mar.

Quando ele não está pescando, fica horas na beira da praia observando o levantar e o quebrar das ondas, como se estivesse esperando algo.

Ali na praia tem uma estátua onde pescadores fazem oferendas a Iemanjá e todos os dias João leva uma rosa branca e deixa aos pés da rainha dos mares, mas sua oferenda tem outro significado – é mais uma cortesia de um jovem apaixonado do que um ato religioso.

Um dia após o outro, por anos, ele manteve aquela rotina de namorar as ondas do mar e cortejar Iemanjá na expectativa de que ela lhe respondesse de alguma forma.

Em uma dessas tardes em que foi entregar a rosa aos pés da deusa, ele encontrou uma moça que estava ali para rezar e, pela primeira vez, sua atenção foi capturada por uma mulher. Ela usava um vestido azul, tinha longos cabelos pretos em belos cachos, e quando o viu se aproximar, sorriu como se já o conhecesse há muito tempo.

Aquilo o pegou de surpresa e, sem saber o que fazer, apenas sorriu de volta e ficou ali parado, olhando-a sem entender o que estava acontecendo. Seu coração nunca bateu tão acelerado e, enquanto pensava no porquê de se sentir assim, ela falou:

— Bela rosa! Quem me dera se eu fosse presenteada com uma assim.

Ele ainda não compreendendo o que estava acontecendo, não percebeu quando retirou a rosa dos pés de Iemanjá e a entregou para aquela desconhecida.

— Fique com ela! Combina com você.

Sorrindo com a rosa nas mãos, ela a cheirou e, saindo para ir embora, disse:

— Amanhã estarei aqui de novo!

Ele perguntou:

— Posso saber o seu nome?

— Inaé — ela disse.

— Prazer, meu nome é João e eu estarei aqui amanhã também!

Voltou para casa sem entender o que aquilo realmente significava e essa foi a única vez que não ficou na praia até o sol se pôr, observando as ondas no mar.

Na manhã seguinte, saiu para pescar como sempre fazia, mas dessa vez estava ansioso para reencontrar aquela moça de vestido azul, no entanto o mar sempre responde aos desejos dos seus fiéis pescadores, mesmo que demore.

João, que passou anos implorando por um lugar ao lado da rainha dos mares, nesse dia teve seu desejo realizado. Uma tempestade o pegou de surpresa, levando-o para o fundo do

mar onde viveria para sempre no coração de Iemanjá, mas nunca mais veria a moça da praia.

## MULHER IDEAL
Alcione

*Inveja da lua.*

Mulher decidida, de olhar atrevido, a quem fita, enfeitiça. Todos os sábados, com seu vestido vermelho e seu batom ardente nos lábios, atraía toda a luz da lua para si e fazia questão de abandonar a todos os outros na escuridão só para iluminar o seu caminho.

*"Inveja da lua eu sinto porque não a posso tocar "nunca mais" em suas palavras, assim como a luz da lua que envolve todo o seu corpo.*

*Deusa do ébano, que um dia já foi minha, egoísta que sou, não fui fiel. Você me avisou...*

*Não há felicidade sem mim. Não depois que me entreguei para você.*

*E você tinha razão, se eu pudesse aos seus pés chorar e mesmo que por piedade pudesse me perdoar, faria chover no verão minhas lágrimas, sem vergonha do que pensariam sobre mim. Descobri que apenas te olhar de longe nunca será o suficiente. Como posso me olhar no espelho, sabendo que um dia a tive em meus braços e traí seu amor?*

*Inveja do samba eu sinto porque não posso fazer seu corpo se movimentar com emoção e ardência, assim como faz nas rodas quando dança.*

*Como viver sem você? Por que fiz o que fiz para te perder? Queria ter essas respostas. Aquilo não era apenas paixão, você me levou a prazeres que nunca imaginei. Não há outra mulher como você! E eu te perdi.*

*Queria gritar que te amo, mas não tenho esse direito. Você me proibiu de me aproximar outra vez, eu respeito isso. Quem errou fui eu.*

*Quem me dera te merecer outra vez, nunca cometeria aquele erro, mas como não existe segundas chances no seu coração, te olhar de longe por alguns instantes e amargar a sua ausência é tudo que posso ter enquanto durar os meus dias de escuridão sem você."*

# MINIBIOGRAFIA DOS MÚSICOS HOMENAGEADOS NOS VOLUMES I E II

(Em ordem alfabética)

## Adoniran Barbosa

Adoniran Barbosa, nome artístico de João Rubinato (Valinhos, 6 de agosto de 1910 – São Paulo, 23 de novembro de 1982), foi um compositor, cantor, humorista e ator brasileiro. Rubinato representava diversas personagens em programas de rádio, entre as quais, Adoniran Barbosa, que acabou por se confundir com seu criador dada a sua grande popularidade. Adoniran ficou conhecido nacionalmente como o pai do samba paulista.

## Almir Sater

Almir Sater (Campo Grande, 14 de novembro de 1956) é um cantor, compositor e violeiro brasileiro, notório por sua contribuição à música sertaneja e à revitalização da viola de 10 cordas. Com uma carreira que se estende por décadas, Sater é conhecido por sua habilidade ímpar na execução da viola caipira, um instrumento tradicional na música sertaneja. Ao longo dos anos, ele consolidou seu lugar como um dos principais artistas do gênero, mesclando influências regionais e contemporâneas em suas composições.

## Alcione

Alcione Dias Nazareth (São Luís, 21 de novembro de 1947) é uma cantora, compositora e multi-instrumentista brasileira. Sendo uma das mais notórias sambistas do país, a cantora recebeu a alcunha de Rainha do Samba é Rainha do Brasil. Com trinta álbuns de estúdio e nove ao vivo, vendeu a marca de 8 milhões de cópias de discos pelo mundo.

## Arlindo Cruz

Arlindo Domingos da Cruz Filho, mais conhecido como Arlindo Cruz (Rio de Janeiro, 14 de setembro de

1958) é um músico brasileiro, compositor e cantor de samba e pagode. Arlindo Cruz participou do grupo Fundo de Quintal. Compositor e cantor, toca cavaquinho desde os 7 anos e também banjo. Recebeu 8 "Estandartes de Ouro" por sambas enredo e em 2015, ganhou o "26º Prêmio da Música Brasileira" como Melhor Cantor de Samba.

## Bezerra da Silva

Bezerra da Silva (1927-2005) foi um influente cantor e compositor brasileiro, conhecido como o "Rei do Samba Malandro". Sua carreira, destacada nas décadas de 1960 a 2000, foi marcada por letras satíricas e irreverentes, abordando questões sociais e políticas. Suas "biografias" musicais narravam a vida das comunidades cariocas, usando uma linguagem direta e popular. Apesar de enfrentar censura e desafios para obter reconhecimento amplo, Bezerra da Silva deixou um legado significativo no samba de raiz, influenciando gerações de artistas brasileiros. Faleceu em 2005, mas sua música continua a ser celebrada pela autenticidade e crítica social.

## Belchior

Belchior (Sobral, 26 de outubro de 1946 - Santa Cruz do Sul, 30 de abril de 2017) foi um cantor e compositor cearense, figura icônica da música popular brasileira. Com sua voz marcante e letras poéticas, Belchior conquistou fãs com canções que abordavam a vida, o amor e questões sociais. Seus álbuns, como "Alucinação" e "Era uma Vez um Homem e o Seu Tempo," são considerados clássicos da MPB. Belchior também foi reconhecido por sua postura introspectiva e por fugir dos padrões convencionais da indústria musical.

## Cartola

Angenor de Oliveira, mais conhecido como Cartola (Rio de Janeiro, 11 de outubro de 1908 — Rio de Janeiro, 30 de novembro de 1980), foi um cantor, compositor, poeta e violonista brasileiro. Autor de clássicos do samba, foi um dos fundadores da Escola de Samba Estação Primeira de Mangueira. Apesar de ter sambas gravados desde a década de 1930 por cantores como Francisco Alves e Carmen Miranda, só teria seu reconhecimento definitivo ao final da vida. É considerado um dos nossos maiores compositores de samba.

## Clara Nunes

Clara Nunes, nome artístico de Clara Francisca Gonçalves Pinheiro (Paraopeba, 12 de agosto de 1942 — Rio de Janeiro, 2 de abril de 1983), foi uma cantora e compositora brasileira, considerada uma das maiores e melhores intérpretes do país. Pesquisadora da música popular brasileira, de seus ritmos e de seu folclore, também viajou para muitos países representando a cultura do Brasil. Também foi a primeira cantora brasileira a vender mais de cem mil discos, derrubando um tabu segundo o qual mulheres não vendiam discos. Durante toda a sua carreira, vendeu quatro milhões e quatrocentos mil discos.

## Clementina de Jesus

Clementina de Jesus da Silva OMC (Valença, 7 de fevereiro de 1901 — Rio de Janeiro, 19 de julho de 1987) foi uma cantora brasileira de samba. Também era conhecida como Tina ou Quelé. O respeito ao peso ancestral de sua voz: uma África que estava diluída em nossa cultura é evocada subitamente na voz e nos cânticos que Clementina aprendeu com sua mãe, filha de escravos. Clementina surgiu como o elo perdido entre a moderna cultura negra brasileira e a África Mãe. Clementina, mesmo tendo iniciado tardiamente sua vida artística e com uma curta carreira, é sem dúvida uma das mais importantes artistas brasileiras.

## Dorival Caymmi

Dorival Caymmi (Salvador, 30 de abril de 1914 – Rio de Janeiro, 16 de agosto de 2008) foi um cantor, compositor, violonista e pintor. Compôs inspirado pelos hábitos, costumes e as tradições do povo baiano. Tendo como forte influência a música negra, desenvolveu um estilo pessoal de compor e cantar, demonstrando espontaneidade nos versos, sensualidade e riqueza melódica. Caymmi influenciou diversas gerações de músicos brasileiros.

## Dona Ivone Lara

Dona Ivone Lara (Rio de Janeiro, 13 de abril de 1921 - Rio de Janeiro, 16 de abril de 2018) foi uma sambista, cantora e compositora brasileira. Reconhecida como uma das grandes damas do samba, Dona Ivone Lara foi pioneira ao desbravar o universo predominantemente masculino do samba. Ela foi a primeira mulher a integrar a ala de compositores de uma escola de samba no Rio de Janeiro. Com uma carreira extensa, Dona Ivone Lara compôs diversos clássicos do samba, destacando-se por suas letras poéticas e melodias cativantes. Seu legado é lembrado não apenas por sua contribuição à música brasileira, mas também por sua luta pela igualdade de gênero no mundo do samba.

## Elis Regina

Elis Regina Carvalho Costa (Porto Alegre, 17 de março de 1945 — São Paulo, 19 de janeiro de 1982) foi uma cantora brasileira. Conhecida pela competência vocal, musicalidade e presença de palco, é considerada por muitos críticos a melhor cantora popular do Brasil enquanto em vida. Sendo, para muitos, a melhor cantora brasileira de todos os tempos, foi aclamada tanto no Brasil quanto internacionalmente, e comparada a cantoras como Ella Fitzgerald, Sarah Vaughan e Billie Holiday. Elis Regina morreu precocemente aos 36 anos, no auge da carreira, causando forte comoção no país e deixando uma vasta obra na música popular brasileira.

## Geraldo Vandré

Geraldo Vandré (João Pessoa, 12 de setembro de 1935) é um cantor e compositor brasileiro, conhecido por sua atuação marcante durante os anos de ditadura militar no Brasil. Suas músicas, muitas delas consideradas hinos de resistência, foram entoadas em protestos e movimentos sociais. Vandré ganhou notoriedade com composições como "Pra Não Dizer que Não Falei das Flores," que se tornou um ícone da resistência contra a repressão. Contudo, após enfrentar perseguições políticas, Vandré retirou-se da vida pública por um longo período. Sua obra continua a ser celebrada por sua importância histórica e influência na música de protesto no Brasil.

## Ivan Lins

Ivan Lins (Rio de Janeiro, 16 de junho de 1945) é um renomado cantor e compositor brasileiro, cuja carreira abrange diversas décadas e gêneros musicais. Reconhecido por suas habilidades como pianista e intérprete, Ivan Lins é um dos artistas mais versáteis da música brasileira, transitando entre o jazz, MPB e pop. Ao longo de sua trajetória, Lins compôs inúmeras canções de sucesso, como "Madalena" e "Começar de Novo", conquistando prêmios e reconhecimento internacional por sua contribuição à música.

## Jovelina Pérola Negra

Jovelina Pérola Negra (Rio de Janeiro, 21 de julho de 1944 — Rio de Janeiro, 2 de novembro de 1998), cujo nome de batismo era Jovelina Farias Belfort, foi uma cantora e compositora brasileira, e uma das grandes musas do samba. Voz rouca, forte, rouca, de timbre peculiar e força batente. Herdeira do estilo de Clementina de Jesus, foi, como ela, empregada doméstica antes de fazer sucesso no mundo artístico. Participou das rodas de pagode surgidas nos anos de 1980, nos subúrbios cariocas, ao lado de Almir Guineto, Jorge Aragão, Zeca Pagodinho e outros.

## Martinho da Vila

Martinho José Ferreira, mais conhecido por Martinho da Vila, (Duas Barras, 12 de fevereiro de 1938[1]) é um cantor, compositor, escritor e músico brasileiro. Filho de lavradores, iniciou sua carreira aos 15 anos de idade, na Aprendizes da Boca do Mato. Laboratorista industrial, profissão exercida no Exército, tornou-se compositor e sambista ao dar baixa, em 1969. Já na GRES Vila Isabel, escola da qual se tornou presidente de honra, reformulou o samba-enredo, acelerando-o. Além de cantor e compositor, é autor de 10 livros.

## Marcelo Barra

Marcelo Barra é um cantor e compositor brasileiro, nascido em 4 de setembro de 1980 em Belo Horizonte. Com uma carreira eclética, Barra transita por diferentes estilos musicais, incorporando elementos de pop, rock e MPB em suas composições. Seu trabalho é marcado por letras reflexivas e melodias envolventes, conquistando admiradores pela autenticidade e originalidade de sua abordagem musical.

## Marília Mendonça

Marília Mendonça (Cristianópolis, 22 de julho de 1995 - Goiânia, 5 de novembro de 2021) foi uma cantora e compositora brasileira, reconhecida como uma das principais artistas do gênero sertanejo. Com uma carreira meteórica, Marília tornou-se conhecida por suas letras emotivas que abordavam temas como amor, superação e relacionamentos. Ela foi apelidada de "Rainha da Sofrência" devido à sua habilidade única de expressar sentimentos profundos por meio de suas músicas. Ao longo de sua carreira, Marília Mendonça lançou vários álbuns de sucesso e conquistou inúmeros prêmios, consolidando-se como uma das vozes mais impactantes do cenário musical brasileiro.

## Palavra Cantada

Palavra Cantada é um duo musical brasileiro formado por Sandra Peres e Paulo Tatit. Fundado em 1994, o grupo dedica-se à produção de músicas infantis que aliam criatividade, educação e diversão. Com um repertório vasto e inovador, a Palavra Cantada tornou-se referência na música para crianças no Brasil, conquistando pais e filhos. Suas composições inteligentes e cativantes abordam temas como amizade, aprendizado e imaginação, tornando a experiência musical infantil mais rica e estimulante.

## Renato Teixeira

Renato Teixeira (Santos, 20 de maio de 1945) é um cantor e compositor brasileiro, reconhecido por sua contribuição à música sertaneja e folk. Com uma carreira que abrange décadas, Teixeira é autor de canções que se tornaram clássicos, como "Romaria" e "Tocando em Frente". Sua poesia simples e profunda, aliada a melodias marcantes, conquistou o coração de uma vasta audiência. Renato Teixeira é considerado uma figura influente na música brasileira, enriquecendo o cenário musical com suas composições atemporais.

**Noel Rosa**

Noel de Medeiros Rosa (Rio de Janeiro, 11 de dezembro de 1910 — Rio de Janeiro, 4 de maio de 1937) foi um sambista, cantor, compositor, bandolinista, violonista brasileiro. Teve contribuição fundamental na legitimação do samba de morro e no "asfalto", ou seja, entre a classe média e o rádio, principal meio de comunicação em sua época - fato de grande importância, não só para o samba, mas para a história da música popular brasileira. Morto prematuramente aos 26 anos por decorrência da tuberculose, deixou um conjunto de canções que se tornaram clássicas dentro do cancioneiro popular brasileiro.

## Silas de Oliveira

Silas de Oliveira (Rio de Janeiro, 4 de outubro de 1916 — Rio de Janeiro, 20 de maio de 1972) foi um compositor e sambista brasileiro. Iniciou sua vida musical nas rodas de samba e de jongo no morro da Serrinha, em Madureira. Passou a integrar a Escola de Samba Prazer da Serrinha, que viria a se tornar o Grêmio Recreativo Escola de Samba Império Serrano. Tornou-se um dos grandes compositores de samba-enredo do Grêmio. Silas dedicou 28 anos de sua vida ao Império Serrano e nesse período fez 16 sambas-enredo para a escola, dos quais 14 foram apresentados no desfile oficial.

## Zeca Pagodinho

Zeca Pagodinho, nome artístico de Jessé Gomes da Silva Filho, (Rio de Janeiro, 4 de fevereiro de 1959) é um cantor e compositor brasileiro. Gravou mais de 20 discos e é considerado um grande nome do gênero samba. O artista, que começou sua carreira nas rodas de samba dos bairros de Irajá e Del Castilho, subúrbio do Rio de Janeiro, tornou-se tão imensamente popular que seus shows chegam a ser contratados por cachês generosos, sendo realizados nas mais badaladas casas de espetáculo do país. Sempre fiel a suas características de irreverência e jocosidade, Zeca recebe também reconhecimento da crítica e de artistas e compositores consagrados.

## UMA BREVE BIOGRAFIA DO AUTOR

**Túlio Augusto Lobo** é escritor de Goiânia - Goiás. Em sua trajetória como escritor, valoriza a cultura nacional e incentiva a leitura e formação de novos leitores e escritores. Publicou seu primeiro livro em junho de 2020 e, desde então, já possui sete livros solos e participou de 16 antologias nacionais, três antologias internacionais (Alemanha/Espanha e México) além de uma publicação em revista internacional literária na Argentina e Alemanha. Livros solos do autor: ***Conto dos Esquecidos e Outras Histórias*** – Em Português, Espanhol e Francês; ***Sinhô – Sangue na Serra dos Cristais***; ***LÁ E CÁ – histórias de uma terra chamada Brasil; Terra Brasilis –*** *romance* histórico; **O Mundo é um Moinho – Volume I –** lançado em 2020 e agora sendo relançado em 2024 com o **Volume II**.

www.ingramcontent.com/pod-product-compliance
Lightning Source LLC
LaVergne TN
LVHW051442170726
843492LV00002B/512